CW00865621

Conception et réalisation graphique : Thomas Hamon

© 2007, Éditions de La Martinière Jeunesse,

© 2014, Éditions de La Martinière Jeunesse, pour la présente édition,

une marque de La Martinière Groupe, Paris

ISBN : 978-2-7324-6476-3 • Dépôt légal : juin 2014

Conforme à la loi n°49-956 du 16 juillet 1949

sur les publications destinées à la jeunesse.

Achevé d'imprimer en février 2018

sur les presses de l'imprimerie Macrolibros à Valladolid

Imprimé en Espagne

TROP BIEN

ƷIEN

LA 6ᴱ

JACQUES AZAM

SOPHIE BRESDIN

ICI COMMENCE
LA 6ÈME

L'ENTRÉE EN 6E...

UN GROS CAP À FRANCHIR qui va rapidement vous faire basculer du monde de l'enfance à celui de l'adolescence.

CETTE ÉTAPE de votre toute jeune vie va bousculer votre petit quotidien bien rodé et susciter chez la plupart d'entre vous les angoisses les plus diverses. Normal, vous allez plonger dans un univers inconnu que certains imaginent même impitoyable… Vous vous voyez déjà jeté en pâture à une multitude de profs différents et indifférents… Vous vous représentez de grandes brutes agressives (les troisièmes !), toujours prêtes à vous assommer pour vous piquer vos baskets neuves… Et, pour finir, vous vous demandez en quoi consiste cette nouvelle forme de travail en « autonomie » à laquelle vous devrez vous adapter ! Bref, l'entrée en sixième, ce n'est pas un cap mais une péninsule monstrueuse…

STOP ! Même si, à tout juste onze ans, de tels bouleversements ne sont pas toujours faciles à gérer, le programme de cette première année de collège ne se révèle pas si terrible que ça. Certes, il vous faudra travailler (logique !)… Mais, après un temps d'adaptation (quand même !), avec un peu d'organisation et de sérieux, vous devriez gagner beaucoup à conquérir ce nouvel épisode de la vie !

LE COLLÊGE, QU'EST-CE QUE C'EST QUE ÇA ?

L'ANNÉE DERNIÈRE, AU CM1, ON ÉTAIT VRAIMENT TRANQUILLE, ON NE SE RENDAIT PAS ENCORE BIEN COMPTE DE CE QUE SERAIT LE COLLÈGE. POUR NOUS, C'ÉTAIT TROP LOIN DANS LE TEMPS. MAINTENANT QU'ON EST AU CM2, ON SENT BIEN QUE CELA VA ARRIVER TRÈS VITE. AU DÉBUT DE L'ANNÉE, J'AVAIS HÂTE D'ÊTRE EN SIXIÈME, PARCE QU'EN PRIMAIRE ON NOUS PREND UN PEU POUR DES BÉBÉS. MAIS, FINALEMENT, AU FUR ET À MESURE QUE L'ON S'APPROCHE DU MOIS DE JUIN, JE ME DIS QU'ELLE N'EST PAS SI MAL NOTRE ÉCOLE PRIMAIRE ET QU'EN PLUS LE MAÎTRE EST VRAIMENT SYMPA AVEC NOUS. ET PLUS JE PENSE AU COLLÈGE, PLUS J'AI PEUR !

ÉMILIE

BONJOUR L'ANGOISSE !

VOUS AUSSI avez sûrement rêvé du collège… Enfin une école pour «grands», où l'on n'est plus obligé de partager la cour de récré avec des petits de six ans qui braillent tout le temps parce qu'on les a bousculés un peu trop fort… Une école où l'on n'a pas toujours le même prof, car, comme le souligne Maud, qui entretient des rapports houleux avec son institutrice de CM2, «si on ne s'entend pas bien avec son prof de maths, on peut toujours espérer que ça marchera avec celui de français».

SEULEMENT, à force de passer ses récrés avec les copains et copines à imaginer l'année future, on finit par se faire des frayeurs, tout ça parce que Hugo a raconté que pour sa sœur «l'entrée en sixième

a été terrible, elle se perdait tout le temps dans les couloirs, donc elle arrivait en retard et se faisait punir!» Et, pour peu que Thomas évoque les souvenirs de début de collège de son frère – «Treize kilos de livres et de cahiers sur le dos, et les grands de troisième qui bousculent tout le monde dans les escaliers…» –, vous vous demandez bien comment vous allez réagir dans cet univers qui semble impitoyable.

3ÈME →

6ÈME ↘

ON N'EST PLUS DES BÉBÉS ...SI ?

ALORS, vous vous dites que pour quelques mois encore vous pouvez toujours faire la loi dans la cour de récré. C'est vrai ça, aucun petit de CE1 n'oserait s'aventurer dans les cinquante mètres carrés où les CM2 règnent en maîtres. Et puis, au bout de cinq ans dans les mêmes locaux, vous connaissez tout le monde et tout le monde sait qui vous êtes !

VOTRE STATUT de « grand » vous donne même, parfois, de petites responsabilités comme celle d'aller porter des papiers chez le directeur…

SEULEMENT VOILÀ, l'année prochaine, quelques changements sont à prévoir ! C'est vous qui allez devenir les «petits» du collège. Vous allez côtoyer des adolescents de quatorze ou quinze ans qui ont la plupart du temps des préoccupations différentes des vôtres. Normal dans ce cas d'être un peu angoissé par ces «géants» qui friment avec leur cigarette au bec devant le portail du collège. Avec de telles horreurs en tête, il vous faudra, bien évidemment, un certain temps d'adaptation pour bien appréhender (et apprivoiser !) locaux, personnel et élèves de ce nouvel établissement.

ON N'AURA PAS TROP INTÉRÊT À LA RAMENER. LA DROGUE, ON Y PENSE, C'EST SÛR, MAIS, MOI, J'AI SURTOUT PEUR DU RACKET. C'EST ENCORE PIRE, PARCE QUE LES RACKETTEURS S'EN PRENNENT TOUJOURS AUX PLUS JEUNES, ET, SI ON LES DÉNONCE, ILS DEVIENNENT EXTRÊMEMENT VIOLENTS. DEVANT CE PROBLÈME, ON RISQUE DE NE PAS FAIRE LE POIDS.

THÉO

De quoi j'ai peur ?

L'une de vos plus grosses craintes, c'est que ces ados profitent de votre jeunesse et de votre crédulité pour vous imposer des choses que vous n'avez pas du tout envie de faire. «On sait tous qu'il y a de la drogue qui circule au collège ; on se demande si les grands ne vont pas nous piéger et nous obliger à en consommer…», constate Benoît.

Et ceux qui auraient dans l'idée d'imposer dès le premier jour leurs habitudes de petits caïds tyranniques se feront vite remettre en place par leurs aînés ! Le plus difficile, dit Alice, c'est d'imaginer vraiment ce que sera l'année prochaine. On se fait tout un monde des «grands», des profs, de la violence… Finalement, on ne sait pas à quelle sauce on va être mangé puisque, pour la plupart d'entre nous, on n'a encore jamais mis les pieds dans notre futur collège !

SCÉNARIO CATA-STROPHE !

ALORS, vous imaginez plein de situations possibles. Tout d'abord, ce qui vous inquiète le plus, c'est la dimension souvent impressionnante des locaux de votre collège.

MAIS LA LIBERTÉ, justement, c'est bien quand on peut la vivre avec ses meilleurs copains, ce qui, malheureusement, ne sera pas toujours possible : « Dans le collège de mon secteur, il y a neuf sixièmes différentes, alors, on va tous être séparés, et ça, c'est vraiment dommage ! » se lamente Alexia.

ET SI LA QUESTION des copains-copines est un grand sujet d'inquiétude, bizarrement, on pense moins au nouveau programme que l'on devra affronter sous la houlette de neuf professeurs différents. Car, comme le précise Jamel, « le maître nous a dit que si on faisait un bon CM2, la sixième ce serait du gâteau. En fait, ce sont surtout des révisions approfondies du primaire avec quelques matières nouvelles ! »

VOUS L'AUREZ DONC COMPRIS, c'est dès aujourd'hui qu'il faut vous mettre au boulot.

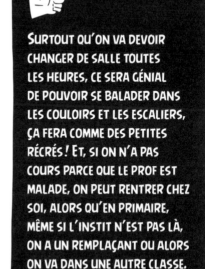

SURTOUT QU'ON VA DEVOIR CHANGER DE SALLE TOUTES LES HEURES, CE SERA GÉNIAL DE POUVOIR SE BALADER DANS LES COULOIRS ET LES ESCALIERS, ÇA FERA COMME DES PETITES RÉCRÉS ! ET, SI ON N'A PAS COURS PARCE QUE LE PROF EST MALADE, ON PEUT RENTRER CHEZ SOI, ALORS QU'EN PRIMAIRE, MÊME SI L'INSTIT N'EST PAS LÀ, ON A UN REMPLAÇANT OU ALORS ON VA DANS UNE AUTRE CLASSE.

LUCAS

QUESTION D'ENTRAÎNEMENT

MAIS PAS DE PANIQUE, bien souvent, les enseignants de l'école primaire préparent en douceur leurs élèves au passage au collège. Par exemple, pour qu'ils ne soient pas trop dépaysés par l'enchaînement des matières, les instits imposent peu à peu un emploi du temps fixe.

AVANT LE CM2, ON AVAIT BIEN UN EMPLOI DU TEMPS, MAIS, EN FAIT, LA MAÎTRESSE CHANGEAIT SOUVENT SON PROGRAMME ET IL Y A DES MATIÈRES QUE L'ON FAISAIT RAREMENT COMME L'HISTOIRE OU LA MUSIQUE : ON N'AVAIT JAMAIS LE TEMPS ! MAINTENANT QUE L'ON EST AU CM2, LE MAÎTRE NOUS A DISTRIBUÉ UN EMPLOI DU TEMPS ET ON LE SUIT PRESQUE À LA LETTRE ! C'EST PRATIQUE DE SAVOIR QUE TOUS LES MARDIS ON A SPORT, ET DONC QUE L'ON N'A PAS INTÉRÊT À OUBLIER SES AFFAIRES !

ENZO

UN EMPLOI DU TEMPS permet surtout de planifier son travail à la maison, car l'instituteur peut ainsi donner quelques jours à l'avance les leçons à apprendre. Et, dans ce cas, aucun mal de ventre inopiné ou cours supplémentaire de musique ne peut vous excuser si vous n'avez pas effectué votre travail !

RÉSULTAT, au fil de l'année vous allez devoir vous organiser. Mais s'avancer dans son travail n'est pas un réflexe qui s'acquiert rapidement et facilement.

C'EST VRAI qu'à dix ans on a encore du mal à se mettre seul au travail. Souvent, on attend que les parents prononcent la sempiternelle question : «Tu as fait tes devoirs ?» Donc, si vous voulez que vos parents vous fassent confiance, commencez par leur prouver que vous êtes capable d'ouvrir tout seul votre cahier de textes ! Et, l'année prochaine, vous constaterez avec joie et sérénité les bénéfices de ce petit entraînement pour gérer correctement votre travail personnel.

J'AVAIS L'HABITUDE AU CM1 QUE L'ON ME DONNE LES DEVOIRS À FAIRE AU JOUR LE JOUR, ALORS, AU DÉBUT DU CM2, JE NE PENSAIS JAMAIS À M'AVANCER. J'ATTENDAIS TOUJOURS LA DERNIÈRE MINUTE POUR OUVRIR MON CAHIER. MAINTENANT, J'ESSAIE DE MIEUX M'ORGANISER, SURTOUT QU'ON A TOUJOURS UNE TONNE DE TRAVAIL À FAIRE POUR LE MARDI ! SI J'ATTENDS LE LUNDI SOIR POUR TOUT APPRENDRE, J'EN AI POUR AU MOINS DEUX HEURES. ALORS QUE SI JE COMMENCE LE SAMEDI, JE N'AI PLUS QU'À TOUT RELIRE LE LUNDI SOIR, CE QUI ME PREND VINGT MINUTES TOUT AU PLUS. LE PROBLÈME, C'EST QUE JE N'AI PAS ENCORE SYSTÉMATIQUEMENT LE RÉFLEXE DE ME METTRE AU TRAVAIL LE SAMEDI !

ARTHUR

JE ME GÈRE COMME UN GRAND

EN EFFET, c'est dès l'école primaire qu'il faut vous familiariser avec vos nouvelles responsabilités scolaires.

Et si l'on attend beaucoup de vous sur ce plan (après tout, vous n'êtes pas à l'école pour faire des pâtés de sable, mais pour préparer votre avenir), une fois au collège, vous disposerez de libertés supplémentaires qui demandent que vous sachiez vous prendre en charge seul.

AINSI, pour l'instant, la plupart d'entre vous fréquentent l'école primaire du quartier, les trajets sont donc relativement courts. Mais, l'année prochaine, vous pourrez être amené à emprunter les

transports en commun pour rejoindre votre collège. Autant vous habituer dès maintenant à circuler seul en ville, car, si jusqu'à présent votre mère venait vous chercher chaque soir après l'étude de 18 heures, il y a peu de chance qu'elle puisse accorder ses horaires avec votre futur emploi du temps de collégien.

D'AILLEURS, le fait de se retrouver seul chez soi après l'école implique que les parents aient une grande confiance en vous.

JUSQU'AU CM1, IL Y AVAIT UNE JEUNE FILLE QUI VENAIT ME CHERCHER À L'ÉCOLE ET QUI ME FAISAIT FAIRE MES DEVOIRS EN ATTENDANT QUE MES PARENTS RENTRENT DU TRAVAIL. MAINTENANT, DEUX FOIS PAR SEMAINE, J'AI LA CLÉ ET JE RENTRE TOUTE SEULE. C'EST VRAI QUE PARFOIS JE REGARDE LA TÉLÉ PLUTÔT QUE DE PLONGER DANS MES CAHIERS. MAIS, EN GÉNÉRAL, JE ME METS AU BOULOT. JE NE SUIS PAS IDIOTE, JE SAIS QUE C'EST INDISPENSABLE POUR MON AVENIR. ET CE QUE JE TROUVE BIEN, C'EST QUE MES PARENTS ME FASSENT CONFIANCE PARCE QU'ILS VOIENT QUE J'ESSAIE D'ÊTRE RESPONSABLE. POUR L'INSTANT, ÇA VA, MAIS CE QUI ME FAIT PEUR, SURTOUT, C'EST D'ÊTRE COMPLÈTEMENT DÉPASSÉE L'ANNÉE PROCHAINE !
JADE

MÊME PAS PEUR !

ET, POUR METTRE UN TERME à toutes les terreurs les plus fantaisistes, l'idéal serait de pouvoir visiter votre future école au cours du CM2. Et si possible, un jour où les élèves sont présents dans le collège! Comme le raconte Malik, «c'était une bonne idée de nous faire découvrir notre futur collège. Seulement, la visite a été programmée un samedi matin, jour où les collégiens n'ont pas cours. Résultat, on n'a vu que des salles et des couloirs vides. Ce n'était vraiment pas parlant ni réel comme situation!»

HEUREUSEMENT, d'autres ont vu leur futur collège fonctionner à plein régime et peuvent ainsi coller une image sur leur avenir. Et pour Charlotte,

qui a pu passer une journée entière dans une sixième, «c'est une super expérience, même si j'ai eu l'impression de tout le temps courir d'une salle à l'autre. C'est sûr qu'en une seule journée je n'ai pas tout repéré, mais en tout cas, maintenant, j'ai beaucoup moins d'appréhension pour la rentrée prochaine!»

EN DÉBUT D'ANNÉE SCOLAIRE, L'ÉLÈVE DEVRA SIGNER LE RÈGLEMENT DU COLLÈGE, IL SERAIT BIEN DE LE LIRE AVEC LUI. ÊTRE COLLÉGIEN C'EST AVOIR DES DROITS MAIS AUSSI DES DEVOIRS, IL DOIT RESPECTER SES CAMARADES ET LES ADULTES DE L'ÉTABLISSEMENT ET ON DOIT LE RESPECTER EN RETOUR. S'IL Y A LE MOINDRE SOUCI, IL NE FAUT PAS LAISSER ALLER, NI DÉGÉNÉRER, LE CPE EST LÀ POUR SERVIR DE MÉDIATEUR ENTRE LES ÉLÈVES ET SANCTIONNER S'IL LE FAUT, AVEC L'AVIS DU CHEF D'ÉTABLISSEMENT.

celui-ci
COLLÈGE
COLLÈGE
ou celui-là
COLLÈGE
COLLÈGE
COLLÈGE
COLLÈGE
ou celui-ci
ou celui-là

IL faut CHOISIR... DÉJÀ?

OÙ EST-CE QUE JE VAIS ATTERRIR

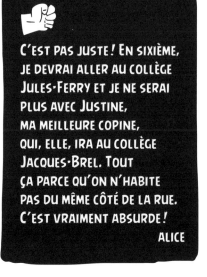

C'EST PAS JUSTE ! EN SIXIÈME, JE DEVRAI ALLER AU COLLÈGE JULES-FERRY ET JE NE SERAI PLUS AVEC JUSTINE, MA MEILLEURE COPINE, QUI, ELLE, IRA AU COLLÈGE JACQUES-BREL. TOUT ÇA PARCE QU'ON N'HABITE PAS DU MÊME CÔTÉ DE LA RUE. C'EST VRAIMENT ABSURDE !

ALICE

EH OUI, on ne choisit pas son collège ! Tout comme pour l'école primaire, on va dans l'établissement de son secteur, ce dernier étant défini par la mairie en fonction de son lieu d'habitation.

Au moment de votre inscription, vos parents peuvent toujours tenter d'obtenir une dérogation pour vous faire intégrer un autre établissement, mais, en règle générale, cette faveur est rarement accordée, surtout si la demande a pour but de vous faire échapper à un collège dont la réputation est loin d'être excellente !

PRUDENCE FACE à cette plus ou moins fameuse notoriété qui entache certains établissements. À moins d'avoir un frère ou une sœur qui a déjà vécu une expérience déplorable dans le collège en question, il est toujours difficile de savoir exactement sa « cote ». Le mieux est de se renseigner auprès de copains plus âgés qui vous éclaireront concrètement sur l'ambiance qui règne dans votre futur collège.

ET, S'IL EST VRAI qu'il existe des collèges moins dynamiques que d'autres (quelques établissements étant même carrément catastrophiques, cumulant absentéisme des profs et violences quotidiennes), il faut bien réfléchir avant de demander une dérogation, car celle-ci suppose que votre future école sera forcément éloignée de votre domicile. Faire des kilomètres de transports en commun (et perdre ainsi de précieuses heures de détente) uniquement pour rejoindre l'établissement le plus réputé de la ville n'est peut-être pas le plan idéal.

CHAQUE MATIN, JE DOIS ME LEVER À 6 HEURES, CAR J'AI AU MINIMUM TROIS QUARTS D'HEURE DE BUS POUR ALLER AU COLLÈGE. ET, LE SOIR, C'EST PAREIL ! APRÈS, IL FAUT ENCORE FAIRE LES DEVOIRS. ALORS, J'ENVIE UN PEU MES COPINES QUI SONT À DIX MINUTES À PIED DE LEUR ÉCOLE. ELLES PEUVENT MÊME RENTRER DÉJEUNER CHEZ ELLES.

MARIE

LES COLLÈGES PRIVÉS ... ... **PRIVÉS DE QUOI ?**

POUR CERTAINES FAMILLES, la solution pour échapper au collège de secteur sera d'inscrire son enfant dans un collège privé.

CES ÉTABLISSEMENTS sont dans leur grande majorité placés sous le contrôle de l'État, cela veut dire que vous étudierez le même programme que dans un collège public.

QUELQUES DIFFÉRENCES tout de même sont à noter entre les deux systèmes : d'abord, les collèges privés ne sont pas gratuits, une somme d'importance variable est demandée trimestriellement aux familles. Ce qui signifie que tout le monde n'y a pas accès puisqu'il y a une sélection financière au départ. Par ailleurs, beaucoup de ces écoles dispensent un enseignement religieux obligatoire, ce qui peut, en toute objectivité, ne pas être du goût de certains.

ENFIN, et c'est parfois un argument de poids dans la bouche des parents (!), il est traditionnellement reconnu qu'on y assure un meilleur encadrement disciplinaire. En langage décodé, cela signifie que vous bénéficiez de moins de liberté que dans un collège public. Ce qui, contre toute attente, ne semble pas gêner certains.

ON SE SENT RASSURÉ, ET PUIS LES PROFS SONT ATTENTIFS ET SYMPAS, ILS PRENNENT LE TEMPS DE NOUS ÉCOUTER. C'EST VRAI QU'ON N'A PEUT-ÊTRE PAS AUTANT DE LIBERTÉ QUE DANS LE PUBLIC, ON SORT DU COLLÈGE À HEURE FIXE, MAIS, MOI, ÇA NE ME DÉRANGE PAS DU TOUT ! AU CONTRAIRE, JE TROUVE QUE L'AMBIANCE EST SUPER !

LISA

ET SI JE ME SPÉCIALISE ?

DANS CERTAINS CAS, vous n'aurez pas d'autres solutions que de fréquenter un collège qui ne relève pas de votre secteur. Si vous souhaitez entrer dans une section sport, bénéficier d'horaires aménagés pour pratiquer votre instrument de musique préféré ou encore prendre le chinois comme première langue vivante, il y a peu de chance pour que de telles opportunités se révèlent possibles au collège du coin de la rue. Alors, c'est dès le début du CM2 qu'avec vos parents vous devrez dénicher le collège de vos

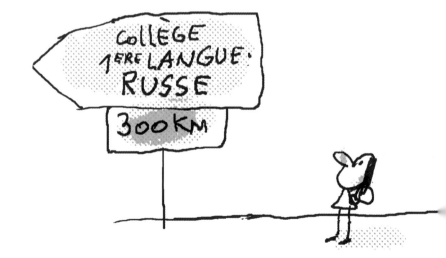

L'ANNÉE PROCHAINE, JE DEVRAI VIVRE CHEZ MES GRANDS-PARENTS, À LYON, PARCE QU'ICI, DANS MA PETITE VILLE DE MONTAGNE, ON N'A PAS LA POSSIBILITÉ DE PRENDRE LE RUSSE EN PREMIÈRE LANGUE VIVANTE. ON A JUSTE LE CHOIX ENTRE ANGLAIS ET ALLEMAND. ET COMME MA MÈRE EST RUSSE, ELLE AIMERAIT BIEN QUE JE PARLE ET QUE J'ÉCRIVE SA LANGUE CORRECTEMENT !

ANNA

rêves ! Et, autant le dire tout de suite, ceux qui vivent dans une grande ville auront les choix les plus larges.

EH OUI, on n'a pas toujours les options désirées à portée de paillasson : dans ce cas, il faut peut-être trouver un établissement qui propose un internat si vous n'avez pas la chance d'avoir de la famille susceptible de vous accueillir.

TOUTEFOIS, cette décision d'aller étudier loin de votre petit cocon habituel doit être mûrement réfléchie avec vos parents : tout d'abord, cette situation suppose des frais supplémentaires pas toujours envisageables pour certaines familles ; ensuite, malgré vos onze ans (on sait, vous n'êtes plus des bébés, mais tout de même !…), se retrouver séparé de ses proches, de ses meilleurs copains demande une grande force de caractère et une réelle motivation pour les options choisies.

Anglais
ou
allemand
TELLE
EST LA
QUESTION

HEUREUSEMENT, choisir une option n'occasionne pas à chaque fois de si grandes perturbations ! En général, le principal dilemme revient à choisir quelle langue vivante étudier en sixième. Anglais, allemand ou, pourquoi pas, italien ? C'est une grande question.

ACTUELLEMENT, les programmes de l'école primaire prévoient que vous bénéficiez d'un apprentissage d'une langue étrangère dès le CM1. Et si l'anglais est majoritairement retenu, il se peut que l'on vous propose une initiation à l'allemand, à l'italien ou encore à l'espagnol. En la matière, les écoles disposent d'une totale liberté dans le choix de la (ou des) langue(s).

QUEL QUE soit l'apprentissage effectué (ou non !) en primaire, c'est en entrant en sixième

On a le choix ou pas ?

En principe, ce sont les mairies qui emploient les profs de langue devant intervenir dans les écoles. Seulement, très souvent, elles ne disposent pas de crédits suffisants pour payer ce personnel supplémentaire. Certains instituteurs enseignent cette matière, mais la plupart d'entre eux renoncent à cette responsabilité faute de formation satisfaisante. Conséquence, bon nombre d'entre vous doivent patienter jusqu'en sixième pour commencer l'étude d'une langue étrangère, ce qui est vraiment dommage, car tous les linguistes vous le confirmeront, plus on est jeune, plus il est facile de s'adapter aux nouvelles sonorités.

que vous devrez choisir votre première langue vivante (en quatrième, vous étudierez une deuxième langue vivante). Vous êtes libre d'opter pour l'anglais, l'allemand ou, pourquoi pas, pour le chinois, à condition bien sûr que votre collège propose cet enseignement. Réfléchissez bien avant de vous engager, discutez-en avec vos parents, car vous conserverez cette langue jusqu'à la fin de la scolarité, et il ne vous sera pas possible de changer de langue en cinquième, sous prétexte que, finalement, vous faites une allergie caractérisée à la langue de Shakespeare ! Ce n'est donc pas un choix que l'on fait à la légère, juste pour pouvoir suivre le copain ou la copine.

ON CONSEILLE SOUVENT aux meilleurs élèves de choisir l'allemand dès la sixième, cette langue étant réputée plus difficile à apprendre que

l'anglais. Résultat, certains petits malins (encouragés par leur entourage) se disent que s'ils choisissent cette langue, ils se retrouveront automatiquement dans une « bonne » classe, sous-entendu une classe fréquentée quasi exclusivement par de bons éléments. Perdu ! Désormais, on s'efforce de mélanger au sein d'une même classe anglophones et germanophones, ce qui évite ainsi les connotations toujours déplaisantes de « bonne » ou « mauvaise » sixième.

DE TOUTE FAÇON, le choix de la langue se doit d'être une décision personnelle, prise en accord avec vos parents, indépendamment de toutes les nombreuses idées reçues qui existent sur le sujet.

RÉFLÉCHISSEZ AVANT DE CHOISIR VOTRE LANGUE. VOUS EN PRENEZ POUR SEPT ANS !

LES CLASSES BILANGUES, LA LANGUE AVANT TOUT

CERTAINS ÉTABLISSEMENTS proposent des classes dites « européennes ». En fait, il s'agit de suivre le programme de sixième tout en renforçant d'une heure ou deux l'enseignement de la première langue vivante choisie avec, en plus, une initiation à une deuxième langue, ce qui dans le circuit normal n'intervient qu'en classe de quatrième.

CETTE FORMULE a pour but de vous amener en douceur au bilinguisme. En sixième,

Attention, n'intègre pas une section bilangue qui veut: seuls les élèves qui ont suivi des cours de langue à l'école primaire peuvent espérer choisir cette filière. En outre, les admissions se faisant sur dossier, les candidats doivent avoir obtenu de bons résultats tout au cours de leur CM2.

vous bénéficierez surtout d'un apprentissage de ces deux langues étrangères, ainsi que d'une approche culturelle des pays où on les parle. Puis, si vous poursuivez votre scolarité dans cette section, vous serez amené à suivre certains cours dans la langue étrangère que vous étudiez, par exemple, on vous enseignera les maths en anglais ou encore l'histoire en italien.

PARALLÈLEMENT, on vous proposera aussi d'effectuer des échanges culturels (et linguistiques !) avec des ados européens qui suivent le même cursus que vous. Autant dire qu'un tel régime permet d'acquérir une pratique et un niveau difficilement accessibles avec seulement les trois petites heures de langue prévues au programme de la sixième classique.

ENFIN, il ne faut pas oublier que cet enseignement occasionne un surcroît de travail non négligeable : alors, avis aux polyglottes en herbe, grosse motivation indispensable ! Si vous pensez avoir toutes les qualités requises, demandez à vos parents qu'ils se renseignent auprès de l'inspection académique de votre département pour connaître les établissements qui proposent cet enseignement spécifique.

LES EN PISTE ! ARTISTES

IL EXISTE des possibilités pour concilier sa passion de la danse (ou de la musique) avec le collège, en intégrant une classe à horaires aménagés. Tout en suivant le même enseignement que les autres sixièmes, vous bénéficiez d'un emploi du temps qui inclut jusqu'à huits heures supplémentaires destinées à votre passion. Ces heures consacrées à l'étude de la musique ou de la danse ne s'effectuent pas au collège mais au conservatoire de musique ou de danse. Évidemment, l'entrée dans une telle classe demande un bon niveau scolaire général, un sens de l'organisation irréprochable et de réelles

examinés à la loupe par les responsables du collège et ceux du conservatoire.

MALGRÉ CETTE SÉLECTION, ces classes sont une bonne opportunité pour qui veut poursuivre de front études et enseignement artistique. Là encore, c'est auprès de l'inspection académique de votre département que vos parents connaîtront les collèges qui proposent de telles classes.

aptitudes dans la discipline qui vous passionne, car il ne suffit pas de pianoter avec ardeur les trois premières notes d'*Au clair de la lune* pour profiter de ce régime d'exception.

LES PLACES étant très convoitées, elles sont généralement réservées aux élèves qui suivent des cours de musique ou de danse depuis plusieurs années, et les dossiers de candidature sont

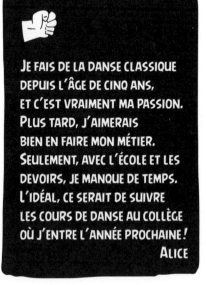

JE FAIS DE LA DANSE CLASSIQUE DEPUIS L'ÂGE DE CINQ ANS, ET C'EST VRAIMENT MA PASSION. PLUS TARD, J'AIMERAIS BIEN EN FAIRE MON MÉTIER. SEULEMENT, AVEC L'ÉCOLE ET LES DEVOIRS, JE MANQUE DE TEMPS. L'IDÉAL, CE SERAIT DE SUIVRE LES COURS DE DANSE AU COLLÈGE OÙ J'ENTRE L'ANNÉE PROCHAINE !
ALICE

MOI je PRÉFÈRE LE SPORT

BIEN SÛR, tout le monde n'est pas branché musique ou langues étrangères ! Pour beaucoup d'entre vous, ce qui compte, une fois les cahiers rangés, c'est de vous défouler ! Et vous êtes en effet nombreux à pratiquer un sport en dehors de l'école. Dans la plupart des cas, cette activité vous occupe tout au plus deux à trois heures par semaine, et elle vous procure un bon moment de détente.

CEUX QUI SOUHAITENT avoir plus de temps pour pratiquer leur sport favori peuvent bénéficier des classes à horaires aménagés : comme pour les artistes, l'emploi du temps est conçu de façon que vie scolaire et sport s'harmonisent correctement. Pour profiter d'un tel système, vous devez faire partie d'un club sportif et montrer de réelles dispositions pour le sport que vous pratiquez. Avant de trop rêver, il faut tout de même savoir que cet arrangement n'est pas possible dans tous les établissements, alors, le mieux est de se renseigner auprès de l'inspection académique qui vous fournira la liste des collèges proposant cette formule.

Qui sont les heureux élus ?

En général, les clubs sportifs se chargent de repérer les champions de demain et les orientent vers ces sections spécialisées. Comme pour les futurs virtuoses, il ne suffit pas d'être un petit génie de la natation ou de l'escrime, encore faut-il être en mesure de présenter de très bons résultats scolaires et d'avoir un mental d'acier pour assumer sport de haut niveau et études.

POUR CERTAINS d'entre vous, ces quelques heures supplémentaires de sport peuvent ne pas suffire… Bref, vous êtes peut-être le futur Zidane ou la prochaine Mary Pierce que la France entière attend ! Seulement voilà, avec le collège, il n'est pas

POUR ENTRER EN SIXIÈME SKI-ÉTUDES, LES SÉLECTIONS SONT IMPITOYABLES. ON NOUS DEMANDE DÉJÀ D'AVOIR 15 DE MOYENNE EN CM2, SINON, CE N'EST MÊME PAS LA PEINE DE PASSER LES ÉPREUVES DE SKI. ET, EN PLUS DES SLALOMS, ON DOIT RÉUSSIR DES TAS D'ÉPREUVES PHYSIQUES, COMME LA COURSE D'ENDURANCE, LES TRACTIONS SUR LES BRAS… LE PIRE, C'EST QU'ILS NE PRENNENT QUE CINQ FILLES EN SIXIÈME ALORS QU'ON EST AU MOINS CINQUANTE À VOULOIR SE PRÉSENTER !

LÉA

FRANÇAIS

MATH

ANGLAIS

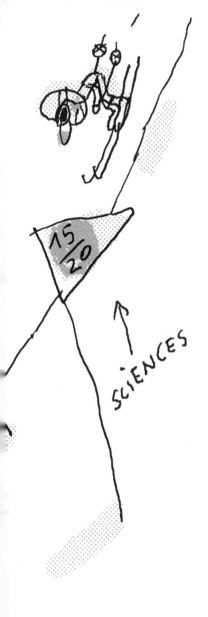

15/20

SCIENCES

toujours évident de gérer un tel emploi du temps. Dans ce cas de figure, l'Éducation nationale propose aux jeunes espoirs de poursuivre normalement leur scolarité tout en ayant l'avantage d'un entraînement sportif intensif intégré à leur emploi du temps. Ce sont les classes sport-études.

FINALEMENT, faire (très bien !) marcher sa tête et ses jambes, c'est juste ce que l'on demande aux élèves motivés de sport études !

EN SECTION FOOT, C'EST GÉNIAL POUR L'ENTRAÎNEMENT ! MAIS ON N'A PAS INTÉRÊT À SE LA COULER DOUCE ! DE TOUTE MANIÈRE, ON N'A PAS LE TEMPS, ON EST TOUJOURS OCCUPÉ ! C'EST UN PEU DUR, SURTOUT PARCE QUE JE SUIS PENSIONNAIRE, MAIS JE M'ÉCLATE VRAIMENT !

ALPHA

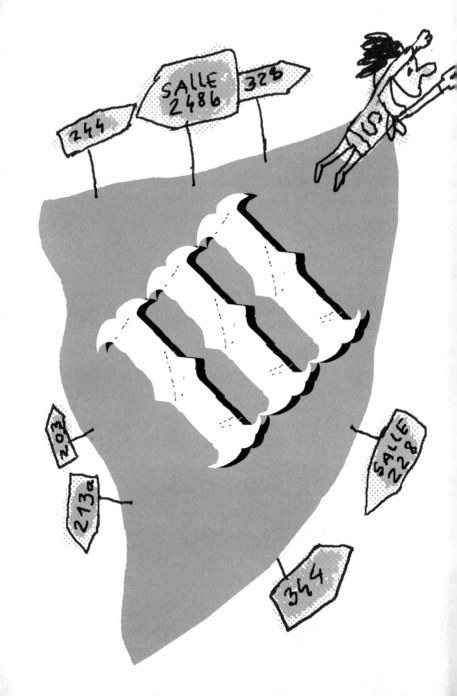

UN VRAI LABYRINTHE!

LA PREMIÈRE IMPRESSION que l'on a du collège est principalement visuelle. Et, pour certains, la dimension des locaux à elle seule provoque une certaine appréhension, voire un choc, comme le confirme Annabelle: «Le premier jour, j'étais persuadée que je n'arriverais jamais à m'y retrouver!» C'est vrai que, comparé à une école primaire classique qui, tout au plus, compte une dizaine de classes, le collège peut apparaître comme un labyrinthe monstrueux, avec couloirs et escaliers à n'en plus finir. Mais, après tout, il faut bien «héberger» les quelque huit cents élèves (en moyenne) qui le fréquentent. Souvent la sensation de foule permanente impressionne aussi les nouveaux collégiens.

POUR LES RASSURER, le premier jour, on distribue dans la plupart des établissements un plan des lieux qui se révèle être bien pratique pour retrouver rapidement la bonne salle.

CAR LA GROSSE NOUVEAUTÉ, cette année, c'est que vous allez devoir vous déplacer d'une classe à l'autre au gré des matières: en effet, les profs qui utilisent un matériel spécifique (par exemple, pour les sciences, le dessin, la musique ou les langues) disposent de leur propre salle, les autres profs se répartissant au gré de leur emploi du temps dans des salles

JE NE ME PERDS PLUS DANS LES COULOIRS, ET LES DIX MINUTES DONT ON DISPOSE POUR CHANGER DE CLASSE SONT LARGEMENT SUFFISANTES!
THOMAS

PLAN DU COLLÈGE

plus anonymes. Fini le temps où le maître du primaire improvisait une leçon de sciences dans des locaux peu adéquats !

DÉSORMAIS, vous aurez à votre disposition un gymnase et des vestiaires (pour le sport, c'est un peu plus pratique que la cour !), un labo de sciences, des salles réservées aux langues vivantes, un préau avec tableau d'affichage (c'est ici que l'on inscrit le nom des profs absents et les infos relatives à la vie du collège, comme les diverses rencontres sportives)

POUR ELSA, dont le sens de l'orientation n'est pas le point fort, l'acclimatation fut plutôt longue: «Les premières semaines, impossible de m'y retrouver. J'arrivais systématiquement en retard au cours. Le pire, c'est que les profs croyaient que je le faisais exprès, mais pas du tout…»

Dans ce cas, pas de panique, il existe des solutions miracles: tout d'abord, repérez les élèves les plus dégourdis et suivez-les! D'accord, cela fait un peu mouton, mais, au moins, vous ne serez pas en retard au cours. Ensuite, prenez des points de repère à chaque étage: les panneaux d'informations au rez-de-chaussée, la salle des profs au premier étage, la salle de musique au second… Et organisez votre espace autour de ces lieux connus. Vous verrez, très vite, vous mémoriserez que la salle de maths se trouve à proximité de celle de musique et que pour retrouver votre cours d'anglais, il vous suffira de vous rendre à côté de la salle des profs. Simple, non?

OH ! HISSE !

PASSÉ LES PREMIÈRES ANGOISSES de ce parcours d'orientation, pour bon nombre d'entre vous les déplacements dans les couloirs sont loin d'être un moment désagréable et, comme le rappelle Alice, «cela fait toujours une occasion pour papoter avec les copines, on se détend, quoi…». « Sauf qu'avec treize kilos sur le dos j'ai plutôt l'impression d'être

LE JEUDI, ON A SIX MATIÈRES DIFFÉRENTES PLUS DEUX HEURES D'EPS, C'EST L'HORREUR DE SE DÉPLACER TOUTE LA JOURNÉE AVEC TOUTES CES AFFAIRES !
MANON

un sherpa, alors, pour la détente, ce n'est pas vraiment l'idéal !» souligne Julien. Car le gros problème, au collège, c'est qu'il vous faudra trimballer sur des kilomètres de couloirs toutes les affaires utiles à votre journée de classe. Étant donné qu'en général vous n'avez plus de salle attitrée comme en primaire, vous n'avez plus non plus la possibilité de déposer vos livres et classeurs dans le casier de votre bureau. Résultat, c'est votre dos qui fait office de placard ! Pour éviter les scolioses et autres enquiquinements musculaires, certains collèges mettent à

DANS NOTRE COLLÈGE, IL Y A BIEN DES CASIERS RÉSERVÉS AUX SIXIÈMES, MAIS ON NE LAISSE JAMAIS RIEN DEDANS, CAR ILS SONT FRACTURÉS TOUS LES DEUX JOURS ! POURTANT, CE SERAIT BIEN PRATIQUE DE LAISSER SES AFFAIRES PENDANT LE DÉJEUNER PLUTÔT QUE DE S'ENCOMBRER DE SON SAC AU SELF !

RAPHAËL

la disposition des élèves un double des livres ou des casiers. Malheureusement, cette initiative est plutôt rare, et, quand elle existe, elle n'est pas toujours couronnée de succès.

MIDI, TOUS AU SELF !

DÉSORMAIS, vous allez découvrir les joies (et parfois les inconvénients) du self… Avec ce principe (vous sélectionnez parmi plusieurs plats celui que vous allez manger), plus question de faire la fine bouche ! Et, dans l'ensemble, la cote de ces restaurants scolaires est plutôt à la hausse.

POUR LA PLUPART d'entre vous qui ne rentrent pas à la maison pour déjeuner, le self est une autre nouveauté.

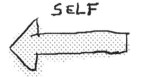

SELF

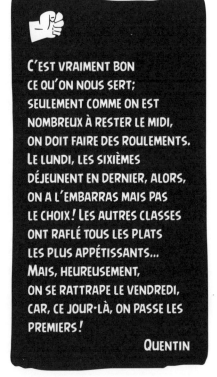

C'EST VRAIMENT BON CE QU'ON NOUS SERT ; SEULEMENT COMME ON EST NOMBREUX À RESTER LE MIDI, ON DOIT FAIRE DES ROULEMENTS. LE LUNDI, LES SIXIÈMES DÉJEUNENT EN DERNIER, ALORS, ON A L'EMBARRAS MAIS PAS LE CHOIX ! LES AUTRES CLASSES ONT RAFLÉ TOUS LES PLATS LES PLUS APPÉTISSANTS… MAIS, HEUREUSEMENT, ON SE RATTRAPE LE VENDREDI, CAR, CE JOUR-LÀ, ON PASSE LES PREMIERS !

QUENTIN

LA DIFFÉRENCE entre les DP (traduisez demi-pensionnaires) et les externes est que les premiers restent au collège pour le déjeuner alors que les seconds rentrent chez eux. Jusqu'ici, il n'y a pas de changement avec le système que vous aviez connu en primaire. Pourtant, vous allez vite constater une nuance d'importance: si les externes peuvent quitter le collège dès que les cours de la matinée sont terminés, les DP, en revanche, devront patienter jusqu'à la fin des cours de l'après-midi. En clair, cela signifie que, même si vous avez un gros «trou» (c'est-à-dire un moment sans cours) entre 11 heures et 15 heures, comme vous êtes DP, vous resterez au collège alors que les externes pourront partir à 11 heures pour ne revenir qu'à 15 heures.

VIVE LA LIBERTÉ !

statut (DP ou externe) ainsi que votre emploi du temps, aussi le surveillant chargé de contrôler les allées et venues des collégiens sait s'il doit ou non vous laisser passer !

MALGRÉ CETTE IMPRESSION DE LIBERTÉ, il ne faudrait pas croire qu'un collège soit un moulin dans lequel entre et sort qui veut à tout instant de la journée ! Tout d'abord, si vous avez un « trou » entre 10 et 11 heures, vous ne pourrez pas quitter l'établissement juste pour une heure, même pour aller vous ravitailler en croissants à la boulangerie du coin : « On doit aller en permanence faire notre travail ou, si on préfère, on peut aller lire au CDI », explique Marion. Ensuite, pour franchir les grilles du collège, il vous faudra montrer patte blanche, c'est-à-dire présenter une carte d'autorisation de sortie dûment signée par vos parents. Sur cette carte sont inscrits votre

DE TOUTE FAÇON, CELA NOUS CHANGE DRÔLEMENT DU PRIMAIRE... MALGRÉ NOTRE EMPLOI DU TEMPS, LES PARENTS NE PEUVENT PAS VRAIMENT CONTRÔLER NOS HEURES DE SORTIE PUISQU'ON PEUT PARTIR DÈS QU'UN PROF EST ABSENT. MOI, ILS ME FONT CONFIANCE, ET JE N'AI PAS INTÉRÊT À FAIRE L'ANDOUILLE, SINON, ILS ME RETIRENT L'AUTORISATION DE SORTIE ! C'EST ARRIVÉ À UNE COPINE QUI TRAÎNAIT EN VILLE AU LIEU DE RENTRER CHEZ ELLE : MAINTENANT, ELLE EST OBLIGÉE D'ATTENDRE 5 HEURES POUR SORTIR, ET SA MÈRE L'ATTEND DEVANT LA PORTE DU COLLÈGE !

MATHILDE

MAIS C'EST QUOI ÇA ?

EH OUI, IL NE FAUDRAIT pas croire que la liberté soit un dû automatiquement attribué du fait de votre statut tout neuf de collégien : cette liberté tant convoitée se mérite, et ce sont vos parents qui décident s'ils vous l'accordent ou non. Alors, ne faites pas n'importe quoi ! D'ailleurs, il n'y a pas que les heures de sortie qui soient réglementées au collège ; les entrées sont, elles aussi, contrôlées et gare à celui (ou celle) qui arrive systématiquement en retard ! Il y a de grands risques pour qu'il passe l'heure de cours à attendre en permanence, ce qui signifie qu'il lui faudra rattraper les leçons et qu'en plus il écopera d'une punition.

ON ENTRE DANS LE MONDE DES « GRANDS », MAIS ON NE PEUT PAS FAIRE N'IMPORTE QUOI !

ET, COMME le confirme Mathilde, « un retard, ça passe, deux, c'est déjà trop ! De toute manière, si l'on n'est pas à l'heure, on est toujours obligé de passer par le bureau du CPE… C'est lui qui décide si l'on peut ou non rentrer en classe et qui nous délivre donc un bulletin de retard que l'on doit présenter au prof. Si l'on n'a pas d'excuse valable ou si cela se reproduit trop souvent, le CPE nous expédie en perm' ! » Encore faut-il savoir à quoi correspond ce sigle étrange, car vous vous rendrez vite compte qu'au collège on adopte un langage caractéristique essentiellement composé d'initiales. Ainsi, si vous devez vous rendre

chez le CPE, sachez qu'il s'agit du conseiller principal d'éducation qui, à la tête d'un bataillon de surveillants (postés principalement dans la cour, les couloirs et en permanence), régit toute la discipline de l'établissement. Un passage par son bureau (appelé «bureau de la vie scolaire») est obligatoire en cas d'absence, de retard ou encore de petite (ou grosse!) bêtise, et vous risquez qu'il contacte vos parents afin de les mettre au courant de vos incartades.

MAIS IL NE FAUT pas uniquement voir en ce personnage clé du collège un despote chargé de vous «fliquer» à chaque coin de couloir.

EN CAS DE PROBLÈME dans votre vie scolaire (par exemple, un conflit avec un autre élève ou encore des difficultés familiales passagères…), n'hésitez pas à rencontrer le CPE, il saura vous conseiller sur l'attitude à adopter.

LANGAGE DES SIGLES

circonstances difficiles (divorce, chômage, violence…) mettent en péril le bon déroulement des études.

SI LE PROBLÈME est principalement d'ordre scolaire, l'AS peut aussi leur proposer de discuter avec le COP, le conseiller d'orientation psychologique, comme en témoigne Martine : « Mon père, qui a fait cinq ans d'études supérieures pour devenir ingénieur, est au chômage depuis un an. Alors, pour moi, les études, c'était bidon ! Je séchais un cours sur deux, et quand j'y allais, c'était pour mettre

SI VOUS AVEZ UN PETIT BOBO (mal de tête, de ventre…), le CPE vous expédiera chez l'AM, l'assistante médicale, qui règne en maître sur l'infirmerie. Mais, attention, si vous vous sentez mal à chaque interro de maths, vous serez vite démasqué !

EN CAS DE PROBLÈME personnel particulièrement délicat à gérer, le CPE vous dirigera vers l'AS, autrement dit l'assistante sociale du collège. Présente dans tous les collèges (attention, parfois elle intervient dans plusieurs collèges, et il faut la rencontrer les jours de sa permanence), elle a pour mission, entre autres, d'aider les élèves et leur famille quand des

Abréviation à connaître... par cœur

CPE : *conseiller(ère) principal(e) d'éducation*

AM : *assistant(e) médical(e)*

AS : *assistante sociale*

COP : *conseiller d'orientation psychologique*

PP : *professeur(e) principal(e)*

le bazar. Évidemment, j'avais des résultats plus que nuls alors qu'avant je n'étais pas trop mauvaise en classe. Finalement, avec le COP, on a fait le bilan des matières qui me plaisaient (les maths et l'informatique) et, ensemble, on a monté un projet pour plus tard. En fait, j'ai surtout repris confiance en moi et en l'avenir. Je ne sais pas si je serai informaticienne, mais, au moins, maintenant j'ai un but, je n'ai plus l'impression de travailler dans le vide ! » Évidemment, il n'est pas obligatoire d'être en échec pour aller voir le COP : quels que soient votre niveau ou vos aspirations, il peut vous aider à construire un projet d'orientation concret qui vous motivera tout au long de votre scolarité.

LE PP UN INTERLOCUTEUR PRIVILÉGIÉ

AVANT DE FAIRE appel à ces spécialistes, il se peut que les choses s'arrangent plus facilement, par exemple en discutant avec votre professeur principal. Ainsi, pour assurer une certaine communication entre tous ces intervenants, on désigne pour chaque classe un professeur plus particulièrement chargé de faire le lien entre les élèves et les autres profs : c'est le prof principal.

COMME LE PLUS souvent il s'agit d'un enseignant avec qui vous étudiez plusieurs heures par semaine (français, maths ou anglais…), qui, de plus, recense vos résultats dans toutes les matières, il va assez vite repérer votre personnalité et votre façon de travailler, et pourra vous conseiller en cas de difficulté. En outre, il anime chaque semaine l'heure de vie de classe, un moment où sont abordées toutes les questions relatives au collège, à la scolarité et aux projets de la classe. En début d'année, c'est également lui qui vous expliquera votre emploi du temps et qui vous donnera les premiers conseils d'organisation.

DONC, UN SEUL conseil : avant de vous laisser complètement déborder par les événements (ce qui peut arriver même aux meilleurs !), n'hésitez pas à venir discuter avec lui. Il pourra même, si nécessaire, proposer une entrevue avec vos parents et faire ainsi le bilan de votre parcours scolaire.

ET LES PARENTS DANS TOUT ÇA ?

DANS UN PREMIER temps, la relation s'effectue par le biais du carnet de liaison, un document que vous devez toujours avoir sur vous, que vos parents doivent signer chaque mois et regarder au moins une fois par semaine !

ÉVIDEMMENT, SI LE CARNET de liaison permet de visionner votre vie au collège, il n'explique pas tout. Il est indispensable que vous dialoguiez avec vos parents, que vous leur expliquiez vos attentes, vos doutes et vos éventuelles difficultés. Pris à temps, un problème qui, à vos yeux, prenait des allures de fin du monde (un « quatrième »

DITES-VOUS BIEN que, si de votre côté vous vous adaptez doucement à cet univers inhabituel, vos parents risquent d'être déstabilisés par votre nouveau rythme scolaire. Eux aussi sont confrontés à neuf profs différents, pas toujours faciles à rencontrer ! Alors que l'enseignant du primaire semblait toujours prêt à répondre à leurs questions, ils devront désormais prendre rendez-vous avec le prof principal pour obtenir une vision d'ensemble de votre scolarité.

Carnet de liaison, pour quoi faire ?

Ce carnet recense vos absences et retards, la correspondance entre vos parents et les profs (demande de rendez-vous, avertissements en cas de problèmes, informations aux familles…) et… vos notes que vous êtes chargé d'inscrire seul !

qui vous harcèle, un prof dont vous ne comprenez pas les explications ou encore l'impression d'être submergé de devoirs…) se résoudra beaucoup plus rapidement que si vous attendez que la situation s'enlise. Aussi, convenez avec vos parents d'un moment où ceux-ci sont à l'écoute et, durant dix minutes, faites le point sur votre journée de classe. Vous verrez, il y a beaucoup à dire !

UNE VRAIE FOURMILIÈRE

À CÔTÉ de ce petit monde qui encadre de près votre vie scolaire gravite tout le personnel administratif, sans qui le collège ne saurait fonctionner ! Même si vous ne rencontrez pas quotidiennement ces personnes, il est bon de connaître leur rôle.

Ainsi, pour toutes les questions d'ordre financier (paiement du self, remboursement d'un manuel scolaire perdu…), c'est à l'intendant qu'il faut s'adresser. Non seulement il détient les cordons de la bourse du collège, mais il organise aussi le travail du personnel de service. Car, quand les portes du collège se referment, les lieux appartiennent aux agents de service, chargés de nettoyer les locaux. Alors, avant de balancer vos papiers gras et chewing-gums baveux un peu partout, ayez une petite pensée pour ces personnes qui, dans l'ombre, s'activent à rendre agréable et propre votre espace scolaire.

D'AILLEURS, si vous êtes pris à dégrader les locaux ou le matériel, outre un passage peu agréable chez le CPE, vous pourrez être conduit *manu militari* chez le principal.

ET LÀ, plus question de jouer les fanfarons, vous vous trouvez en face de l'autorité maximum :

le chef d'établissement. Aidé d'un adjoint et de secrétaires, il dirige le collège, organise les relations avec les responsables de la mairie et prend les décisions les plus importantes (par exemple, le renvoi éventuel d'un élève). C'est aussi dans son bureau qu'est élaboré le règlement intérieur de l'établissement que chaque collégien est tenu de respecter.

principal →

DU RESTE, afin qu'il n'y ait pas de méprise (ni de petits malins qui jouent les ignorants), vous devez signer le règlement intérieur, preuve que vous en acceptez les conditions. Pas d'affolement : il s'agit simplement de règles de bon sens indispensables à toute vie en communauté. Ainsi, la première règle de base est l'obligation d'assister à tous les cours inscrits à votre emploi du temps, où vous êtes prié d'arriver à l'heure. Alors, même si la musique n'est pas votre « truc » et qu'en plus vous

trouvez que c'est une matière mineure (ne le dites pas au prof, il va se vexer!), aucune excuse valable ne sera admise pour que vous «séchiez» cette matière!

IL EST ÉGALEMENT INTERDIT de frauder, d'insulter le personnel (ce n'est pas une raison pour vous défouler sur les copains!) et, enfin, de fumer. Si vous ne respectez pas ces principes, vous risquez diverses sanctions pas très enthousiasmantes, allant de l'heure de colle à l'exclusion temporaire.

CE N'EST TOUT DE MÊME PAS LE BAGNE! SI L'ON RESPECTE CES DEUX OU TROIS TRUCS, ON EST PEINARD. C'EST VRAI QU'IL Y EN A TOUJOURS UN OU DEUX POUR METTRE LE SOUK, MAIS CEUX-LÀ ILS N'IRONT PAS BIEN LOIN! ET PUIS, DANS L'ENSEMBLE, IL Y A RAREMENT DE GROS DÉBORDEMENTS PARCE QU'ON SAIT BIEN QU'ON EST LÀ POUR BOSSER. FINALEMENT, C'EST PAS LE CLUB MED, MAIS IL Y A UNE BONNE AMBIANCE!

MATHIEU

STOP LA VIOLENCE!

ÉVIDEMMENT, malgré ce climat apparemment serein et détendu dépeint par Mathieu, tout n'est pas toujours rose ! La violence au quotidien existe bel et bien, avec son cortège de mesquineries sournoises les plus diverses (allant de la « simple » insulte aux coups répétés), et elle pourrit la vie de bon nombre d'entre vous. « J'ai eu le malheur de laisser mon sac quinze secondes devant la porte des toilettes et j'ai retrouvé toutes les feuilles de mon classeur arrachées ! C'est vraiment nul, je ne vois pas pourquoi "ils" font ça… c'est de la violence gratuite », se plaint Joris. Sans conteste, ce type de comportement est de plus en plus fréquent, quel que soit le collège fréquenté. Car cette violence quotidienne n'est pas l'apanage des seules banlieues dites défavorisées, comme voudraient le laisser croire certains. Elle sévit aussi dans les établissements les plus chics de la capitale, souvent attisée par la jalousie et la convoitise. La mode des « marques » et des gadgets ultrasophistiqués ne fait qu'amplifier le phénomène : en effet, certains jeunes résistent difficilement à la tentation et ne trouvent d'autres solutions que de terrifier, frapper, voler ou pire racketter ceux qui possèdent les objets tellement désirés.

POUR ÊTRE TRANQUILLE, le mieux est d'adopter une attitude et un look passe-partout, le principal étant d'être à l'aise dans ses baskets ! Si toutefois vous êtes victime de ces « terroristes » scolaires, ne laissez pas la situation s'envenimer. Parlez au plus vite de vos problèmes à votre professeur principal, au conseiller d'éducation et à vos parents. Et, malgré les éventuelles menaces que l'on peut vous prétexter si vous «dénoncez» les fautifs, dites-vous bien que vous ne jouez pas les «fayots» en exposant ainsi vos difficultés : plus vous tardez à vous exprimer, plus les agressions seront fréquentes, et vous ne saurez plus comment vous en sortir. Et puis, votre attitude aidera également les autres élèves en leur évitant de subir le même sort. Alors, un seul mot d'ordre : parlez et… stop la violence !

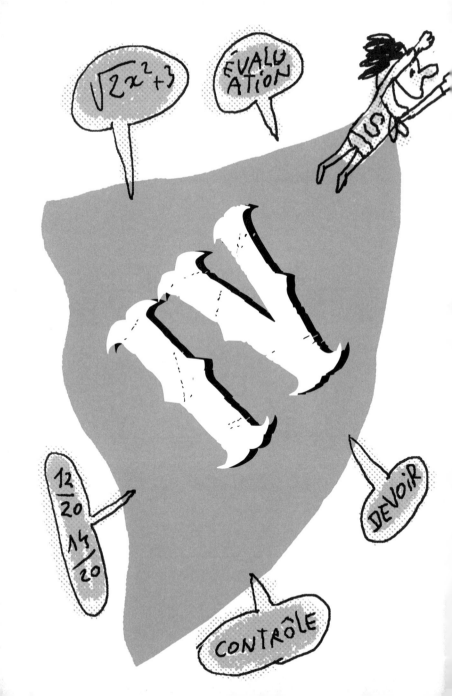

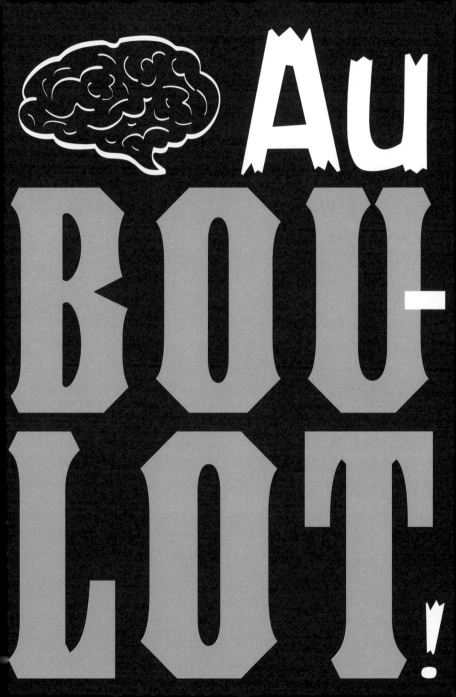

IL FAUT S'ADAPTER !

À L'ÉCOLE PRIMAIRE, le gros cap à franchir était celui du CM1 : les leçons devenaient plus difficiles et on vous demandait de raisonner en profondeur. Bizarrement, en sixième, vous serez sûrement surpris de constater que les notions abordées ne sont guère différentes de celles ingurgitées au CM2. Et, comme le rapporte Halima, après deux mois

LA SIXIÈME, C'EST AVANT TOUT UNE ANNÉE DÉCISIVE POUR BIEN COMPRENDRE LA SUITE DE NOS ÉTUDES ; ON DOIT TOUT APPRENDRE, PAS SIMPLEMENT SUR LE PLAN SCOLAIRE, MAIS SURTOUT SUR LA MANIÈRE DONT ON DOIT TRAVAILLER !

CARLA

de collège, «finalement, c'est presque plus facile que l'année dernière ; j'ai l'impression que l'on ne fait que des révisions !» Il n'y a rien d'étonnant dans ce constat. «Au début, c'était plutôt difficile, car je ne suis pas du genre à me mettre tout seul au boulot ! Certains profs ne nous disent pas systématiquement d'apprendre ce que l'on vient de voir en classe, alors, pendant trois mois, je n'ai pas fait grand-chose. Évidemment, je me suis fait étaler aux évaluations…», remarque François. Résultat, avec un tel comportement, on court droit à l'échec, malgré un programme a priori peu difficile.

Qu'est-ce que je dois faire ?

La sixième est avant tout considérée comme une année d'adaptation à une nouvelle forme de travail : petit à petit, vous allez devoir apprendre à être autonome, à gérer votre travail seul, sans que personne ne soit sur votre dos pour vous rabâcher d'apprendre votre leçon !

EN AVANT TOUTE !

C'est que vous allez en avoir besoin pour affronter sereinement les vingt-cinq heures hebdomadaires de cours que le programme de sixième vous impose.

ALORS, ÇA Y EST ? Vous êtes prêt à bosser ? Vos crayons sont bien affûtés ?

AU MENU, pas moins de onze matières différentes, aussi variées les unes que les autres, et destinées à faire de vous un collégien à la tête bien faite

(trop pleine, peut-être, au goût de certains !) et un futur citoyen responsable.

MAIS, RASSUREZ-VOUS, vous n'allez pas plonger intégralement dans l'inconnu, car nombreuses sont les matières déjà étudiées ou, tout du moins, entraperçues en primaire.

LA DIFFÉRENCE, cette année, c'est surtout le nombre d'heures imposé à chaque discipline et le respect obligatoire de cette programmation.

NEUF **PROFS,** SINON **!RIEN!**

CAR, DÉSORMAIS, vous devrez travailler avec neuf profs différents, chacun ayant une matière spécifique et un programme souvent chargé à respecter. On comprend alors aisément que le prof d'histoire n'ait aucune intention de céder la moindre minute de cours à son collègue d'anglais. Et si la flexibilité des horaires n'est pas de mise, cette multiplication de professeurs présente toutefois l'avantage d'avoir en face de soi de vrais spécialistes, le plus souvent passionnés par la matière qu'ils enseignent.

Bon à savoir

Au collège, plus question d'annuler la séance de gym parce qu'il fait froid, ni de remplacer une heure de géo par un cours de maths, sous prétexte que la majorité des élèves n'a pas assimilé les fractions !

DANS CERTAINS collèges,
il se peut que des élèves prennent
un malin plaisir à saccager
l'ambiance de la classe, et rares
sont les sanctions qui les font
plier. À l'inverse, certains
profs semblent parfaitement
désabusés, voire indifférents, face
à leurs élèves, quand ils ne font
pas preuve d'un absentéisme
répété. Travailler dans de telles
conditions est difficile, mais
dites-vous bien qu'avec un peu
de chance vous échapperez
aux uns et aux autres l'année
suivante.

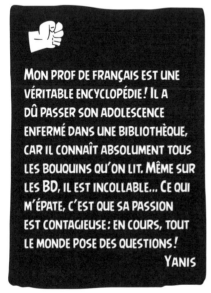

MON PROF DE FRANÇAIS EST UNE
VÉRITABLE ENCYCLOPÉDIE ! IL A
DÛ PASSER SON ADOLESCENCE
ENFERMÉ DANS UNE BIBLIOTHÈQUE,
CAR IL CONNAÎT ABSOLUMENT TOUS
LES BOUQUINS QU'ON LIT. MÊME SUR
LES BD, IL EST INCOLLABLE... CE QUI
M'ÉPATE, C'EST QUE SA PASSION
EST CONTAGIEUSE : EN COURS, TOUT
LE MONDE POSE DES QUESTIONS !
YANIS

PERSONNE NE SAIT QUI JE SUIS !

REVERS DE LA MÉDAILLE, avoir affaire à neuf profs différents implique que vous ne les côtoyiez que peu d'heures chaque semaine, d'où une communication enseignants-élèves parfois un peu longue à démarrer et pas toujours facile à gérer quand on a eu l'habitude de se faire dorloter par un seul et unique enseignant.

BON NOMBRE de collégiens fraîchement débarqués en sixième ont un choc devant l'absence de convivialité qui règne en cours.

REMARQUEZ, il n'y a rien d'étonnant dans ce constat un peu pessimiste: certains profs voient défiler tout au long de la semaine jusqu'à cinq cents élèves différents… Du coup, chacun y va de sa petite méthode pour coller le plus vite possible un nom sur un visage: certains imposent à leurs élèves de s'installer toujours à la même place, d'autres demandent que l'on pose sur la table un carton avec nom et prénom. Malgré tout, vous devrez patienter quelques semaines avant de sortir de l'anonymat.

QUAND LE PROF DE SPORT M'A VOUVOYÉE, J'AI VRAIMENT ÉTÉ SURPRISE : JE CROYAIS MÊME QU'IL S'ADRESSAIT À TOUTE LA CLASSE… LE PIRE, C'EST QUE LES PROFS METTENT UN TEMPS INFINI À SE SOUVENIR DE NOTRE PRÉNOM, ET ENCORE, QUAND ILS NE NOUS APPELLENT PAS PAR NOTRE NOM DE FAMILLE. ÇA, JE TROUVE CELA VRAIMENT ATROCE ! JE SUIS SÛRE QU'AU MOIS DE JUIN LE PROF DE DESSIN ME DEMANDERA ENCORE COMMENT JE M'APPELLE.

MORGANE

de connaissances, mais surtout de vous faire prendre conscience de l'intérêt de la matière étudiée pour votre avenir. Et là, comme pour mémoriser les prénoms, chaque prof possède sa potion magique personnelle élaborée en fonction de la matière qu'il enseigne et de son propre caractère. Ainsi, tel prof autorisera les chuchotements, alors que tel autre ne supportera même pas le bruissement léger des feuilles de classeur.

EFFECTIVEMENT, ce n'est pas une mince affaire que de passer tout au long de la journée d'une méthode à une autre, d'un prof qui écrit toute

CHACUN SON TRUC

EN ATTENDANT que chaque prof se souvienne de votre nom, vous pourrez doucement vous habituer aux petites manies de chacun, car leur rôle n'est pas uniquement de vous faire ingurgiter de force une somme

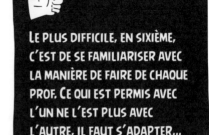

LE PLUS DIFFICILE, EN SIXIÈME, C'EST DE SE FAMILIARISER AVEC LA MANIÈRE DE FAIRE DE CHAQUE PROF. CE QUI EST PERMIS AVEC L'UN NE L'EST PLUS AVEC L'AUTRE, IL FAUT S'ADAPTER...

THOMAS

la leçon au tableau à un autre qui dicte le résumé à toute allure. Et pourtant, ce perpétuel changement de rythme et d'ambiance est très formateur : progressivement, vous saurez non seulement vous adapter aux personnes qui vous entourent (et pas seulement aux profs !), mais également réagir face aux différentes situations que la vie vous réserve et ainsi adopter la bonne attitude. Bref, à force d'être confronté à différentes personnalités, vous apprendrez à sélectionner rapidement les méthodes qui vous conviennent et à vous forger votre propre opinion. C'est sûrement là un point essentiel dont vous tirerez profit tout au long de votre scolarité.

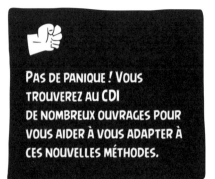

PAS DE PANIQUE ! VOUS TROUVEREZ AU CDI DE NOMBREUX OUVRAGES POUR VOUS AIDER À VOUS ADAPTER À CES NOUVELLES MÉTHODES.

BIEN SÛR, au regard de vos journées surchargées, ces considérations sur le futur vous semblent peut-être superflues, car, pour l'instant, seul compte votre quotidien ! Et on peut dire qu'il commence tôt puisque la plupart des établissements ouvrent leurs portes dès 8 heures du matin. Un supplice pour attaquer d'emblée les verbes irréguliers en anglais !

PUIS, PAR PÉRIODES de cinquante minutes (auxquelles s'ajoutent dix minutes pour les déplacements), les cours s'enchaînent les uns après les autres. Comme le constate Marion, « finalement,

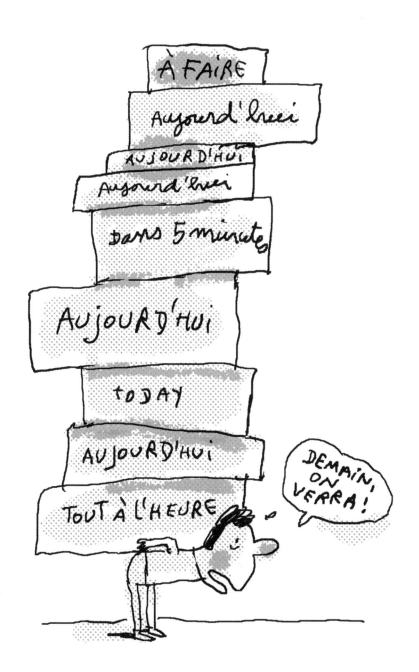

on a peu de moments pour respirer, mais c'est bien parce que c'est varié. Le seul problème, c'est que l'on a juste un quart d'heure de récré, et encore, souvent le prof nous garde et il ne nous reste que dix minutes ! » Ah ! ces fameuses récrés tronquées qui font le désespoir de tous les sixièmes, habitués jusqu'alors à disposer de suffisamment de temps pour taper dans un ballon ou papoter…

REMARQUEZ, vous disposerez d'autres avantages : ainsi, bien que particulièrement chargées, rares sont les journées où les cours s'enchaînent sans discontinuer jusqu'à 17 heures. Souvent, vous aurez des « trous » dans votre emploi du temps ou, mieux encore, vous terminerez vos cours à 15 ou 16 heures, ce qui vous permettra de vous avancer dans votre travail scolaire. Car ne croyez pas que c'en soit fini du boulot, pas du tout ! Dans chaque matière, les profs vous demanderont une somme plus ou moins importante de travail personnel à réaliser à la maison, comptez, en moyenne, une heure supplémentaire chaque soir. Ajoutez à cet emploi du temps une activité qui vous procure un peu de détente (sport, musique…), et vous comprendrez sans peine qu'il est plus facile d'être ministre que collégien !

LE FRANÇAIS ON VA EN MANGER !

EN FAIT, le gros morceau de la sixième, c'est le français. Cette matière est à la base de toutes les autres. Même s'il n'y a pas de très grandes nouveautés comparé avec le programme de CM2, on vous demandera donc de consolider les bases apprises les années précédentes, autrement dit vous potasserez grammaire, conjugaison, lecture et expression écrite. Les classiques, quoi !

LES ÉLÈVES qui présentent de fortes lacunes dans ce domaine pourront même se voir proposer des heures de soutien destinées à les remettre à niveau. Ce soutien, bien évidemment gratuit, est dispensé par le prof de français à de petits groupes de même force et se déroule sur le temps scolaire. Une bonne initiative qui se déclenche souvent après un test effectué en tout début d'année.

FIN DE JOURNÉE

D'AILLEURS, LE FRANÇAIS, ON S'EN SERT TOUT LE TEMPS. SI ON NE MAÎTRISE PAS PARFAITEMENT LA LECTURE, ET ÇA ARRIVE ENCORE À CERTAINS, EH BIEN, ON EST LARGUÉ EN MATHS QUAND IL FAUT COMPRENDRE ET RÉSOUDRE DES PROBLÈMES.
ALICE

EN EFFET, quelques jours après la rentrée, tous les élèves de sixième de France planchent sur des exercices communs de français et de maths (souvenez-vous, en CE2, vous aviez déjà passé ce style d'épreuve). Cette interrogation n'a pas pour but de figer votre niveau une bonne fois pour toutes, mais il permet surtout d'avoir une photographie globale des connaissances acquises en primaire. Au vu des résultats, vous saurez comment vous situer et quels sont les points à améliorer dans le futur.

Du côté des matières connues, vous étudierez l'histoire, la géographie et l'éducation civique. Mais la grande nouveauté de la sixième, c'est que vous allez étudier ces disciplines en détail, en utilisant des supports variés tels que les documents d'époque, les cartes, les diagrammes… Pour preuve, en histoire, vous passerez toute l'année à décrypter les subtilités de l'Antiquité tels les hiéroglyphes !

ET S'IL Y EN A qui savent manier la langue de Pagnol avec aisance, tout le monde n'a pas les dons mathématiques d'Einstein ! Rassurez-vous, si les maths sont une autre matière fondamentale que vous devez étudier au collège, le programme de sixième n'est pas difficile, mais présente quelques petites nouveautés.

JUSTEMENT, en primaire, bon nombre d'entre vous avaient l'impression qu'en dehors des maths et du français, les autres matières n'avaient qu'une importance réduite. Alors qu'au collège, après avoir épuisé les joies de la lecture et du calcul, soit un total de neuf heures hebdomadaires, il vous reste encore quinze heures à employer.

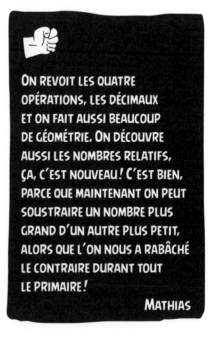

ON REVOIT LES QUATRE OPÉRATIONS, LES DÉCIMAUX ET ON FAIT AUSSI BEAUCOUP DE GÉOMÉTRIE. ON DÉCOUVRE AUSSI LES NOMBRES RELATIFS, ÇA, C'EST NOUVEAU ! C'EST BIEN, PARCE QUE MAINTENANT ON PEUT SOUSTRAIRE UN NOMBRE PLUS GRAND D'UN AUTRE PLUS PETIT, ALORS QUE L'ON NOUS A RABÂCHÉ LE CONTRAIRE DURANT TOUT LE PRIMAIRE !

MATHIAS

C'EST UN PEU le même principe qui s'applique à l'EPS (éducation physique et sportive) puisque, à côté des disciplines classiques telles que la natation, les sports co' ou l'athlétisme, vous allez découvrir des spécialités rarement pratiquées en primaire comme la poutre, les barres asymétriques (pour les filles) ou le saut en hauteur. Et vestiaire oblige, il n'est désormais plus question de mariner dans son jogging jusqu'à la fin des cours : changement de tenue obligatoire. Comme quoi, ceux qui pensaient que ces matières avaient le goût d'un réchauffé de CM2 ne sont pas au bout de leurs surprises.

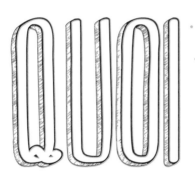 

DU CÔTÉ DES GROSSES NOUVEAUTÉS, il faut tout d'abord souligner l'apprentissage d'une langue vivante, bien que pour certains une initiation ait déjà été proposée en primaire. Bien sûr, vous ne parlerez pas couramment cette langue au sortir de la sixième, mais, normalement, en plus des bases grammaticales indispensables pour élaborer vos premières phrases, vous aurez acquis le vocabulaire permettant de vous présenter, de décrire votre environnement et vos activités. Mais d'autres nouveautés vous attendent !

SOUS LE SIGLE BARBARE DE SVT se cache une matière passionnante consacrée aux sciences de la vie et de la terre. Proche de la biologie parfois abordée en primaire, cette matière vous apprendra à distinguer les diverses espèces animales et végétales, à reconnaître leurs principales caractéristiques, ainsi qu'à utiliser un microscope pour des observations plus fines.

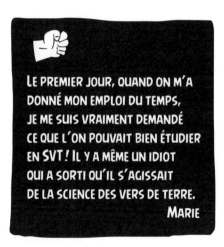

LE PREMIER JOUR, QUAND ON M'A DONNÉ MON EMPLOI DU TEMPS, JE ME SUIS VRAIMENT DEMANDÉ CE QUE L'ON POUVAIT BIEN ÉTUDIER EN SVT ! IL Y A MÊME UN IDIOT QUI A SORTI QU'IL S'AGISSAIT DE LA SCIENCE DES VERS DE TERRE.
MARIE

S.V.T. ?

TOUJOURS DANS le domaine scientifique, vous aurez une heure consacrée à la technologie, destinée à vous faire comprendre comment sont fabriqués et commercialisés certains objets de la vie courante. Et, pour être concret, vous réaliserez vous-même un objet de A à Z, qui peut être aussi varié qu'un calendrier perpétuel ou une alarme d'incendie.

ENFIN, sachez qu'au collège on n'oublie pas qu'un artiste se cache dans chaque être ! Vous pourrez donc exercer vos dons créatifs pendant la séance d'arts plastiques ou encore vous prendre pour Mozart en cours de musique où, dans de nombreux établissements, l'apprentissage de la flûte est encore à l'honneur. Préparez vos boules Quies !

DES NOTES, DES NOTES TOUJOURS DES NOTES !

IL FAUDRA vous habituer aux fréquentes évaluations notées. Parfois, même une interrogation orale au tableau peut se conclure par une note. Et ne vous attendez pas à être systématiquement prévenu, d'où la nécessité de ne faire aucune impasse et d'apprendre régulièrement ses leçons. Quoi qu'il en soit, la note n'est ni une sanction ni une récompense : c'est seulement la « photographie » de votre travail à un instant précis. De plus, une note toute seule n'est pas du tout parlante, il faut toujours la comparer à celle obtenue précédemment pour le même type de travail. Et, en cas de « carton », plutôt que de vous décourager et de vous lamenter sur votre triste sort (!), cherchez les causes exactes de votre médiocre résultat. Peut-être s'agit-il d'un manque de travail ou alors d'une mauvaise compréhension de la leçon.

ET, ATTENTION, même si ces activités artistiques vous semblent plus cool qu'un devoir de maths, vos progrès seront tout de même évalués et vous écoperez d'une ou de plusieurs notes.

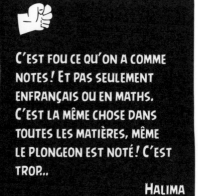

C'EST FOU CE QU'ON A COMME NOTES ! ET PAS SEULEMENT EN FRANÇAIS OU EN MATHS. C'EST LA MÊME CHOSE DANS TOUTES LES MATIÈRES, MÊME LE PLONGEON EST NOTÉ ! C'EST TROP...

HALIMA

DE TOUTE FAÇON, il est toujours plus facile de rectifier le tir quand on sait pourquoi l'on a échoué. À l'inverse, produire de bons résultats n'est pas une raison pour s'endormir sur ses lauriers. Soyez vigilant dans votre travail et vous n'aurez aucune (mauvaise !) surprise quand vous recevrez votre bulletin trimestriel.

TADAM ! VOILÀ MON BULLETIN !

VOILÀ ENCORE une nouveauté à découvrir au collège. Fini le temps où, avant chaque période de vacances, vous rameniez tout content (ou la tête basse, c'est selon !) votre carnet de notes à la maison. Maintenant, vos notes arrivent par la poste à la fin de chaque trimestre ! Sur ce bulletin apparaissent diverses informations qu'il faut décoder avec soin. Chacun de vos neuf professeurs indique non seulement votre moyenne (on additionne toutes les notes obtenues dans une discipline, puis l'on divise le résultat par le nombre de notes que l'on avait au départ), mais également celle de la classe, ce qui vous permet de comparer votre travail à celui de l'ensemble de la classe.

DE TOUTE FAÇON, la note n'est pas le point essentiel du bulletin, car il y a des profs qui notent « sec » (pour ceux-là, obtenir un 12 tient du génie !) et d'autres notent plus « souple ». Le plus important reste le commentaire qui accompagne chaque moyenne: celui-ci est véritablement le reflet de votre travail, de votre participation et de votre

Pourvu que j'aie une bonne moyenne.

comportement en classe. Enfin, en bas du bulletin figure une appréciation générale émise par le principal et dont le contenu résume ce que vos profs ont dit de vous en conseil de classe.

un CONSEIL DE CLASSE

C'EST QUOI ?

À LA FIN de chaque trimestre, tous vos professeurs vont se réunir en conseil de classe pour discuter de la période écoulée et mettre ainsi en commun leurs impressions sur la classe. Autour de la table, on trouve également le principal, le CPE, le représentant des parents (élu par l'ensemble des parents d'élèves en début d'année scolaire, chargé d'être à leur écoute et de leur transmettre des informations importantes pour la vie de la classe) et l'élève délégué de classe.

DANS UN PREMIER
temps, la discussion sera
d'ordre général et portera
principalement sur la motivation
du groupe, les éventuels
problèmes de discipline, ainsi
que les différents projets
en cours (voyages, spectacle…).
Ensuite viendra le moment
d'examiner individuellement
les dossiers scolaires des élèves
et, au mois de juin, de décider
d'éventuels maintiens dans
le niveau. Un par un, vos profs
s'exprimeront sur vos résultats
et sur votre comportement.

AU CONSEIL DE CLASSE,
ON VOUS EXAMINE SOUS
TOUTES LES COUTURES,
IMPOSSIBLE D'Y ÉCHAPPER !

Et, comme vous ne serez pas
là en personne pour vous
expliquer, c'est le délégué
de classe qui sera votre porte-
parole, et il pourra ainsi défendre
votre point de vue. Vous devrez
donc avoir toute confiance en lui !

DÉLÉGUÉ... MOTIVÉ !

D'AILLEURS ne s'autoproclame pas délégué de classe qui veut, il faut être élu. Avant le scrutin, qui a lieu au début du mois d'octobre (ce qui laisse à chacun le temps de faire connaissance avec tous les élèves de la classe), des réunions d'informations sont organisées par les responsables du collège afin de bien définir le rôle et la mission du délégué. Car vous présenter sous-entend que vous devrez prendre sur votre temps personnel pour mener à bien cette charge. Comme le remarque Joseph : « Je préfère ne pas me présenter parce que je n'ai pas du tout envie de rater mes activités sportives pour aller au conseil de classe ! » La motivation doit donc être bien réelle : il ne suffit pas d'être populaire, encore faut-il être à l'écoute de tous les élèves.

QUAND ON EST DÉLÉGUÉ, C'EST QU'ON A VRAIMENT ENVIE D'AIDER LES AUTRES, ET PAS SEULEMENT NOS COPAINS. ET POUR ÇA, C'EST VRAI QU'IL NE FAUT PAS ÊTRE TIMIDE. MAIS ON DOIT AUSSI RESTER DISCRET, CAR SI ON DÉBALLE LES PROBLÈMES DES ÉLÈVES À TOUT LE MONDE, PLUS PERSONNE N'AURA CONFIANCE EN NOUS. EN FAIT, NOTRE RÔLE, CE SERA SURTOUT DE FAIRE LE LIEN ENTRE LES PROFS ET LES ÉLÈVES, AU CONSEIL DE CLASSE PAR EXEMPLE. ON AIMERAIT BIEN AUSSI QUE CERTAINES CHOSES ÉVOLUENT DANS LE COLLÈGE, COMME FAIRE INSTALLER DES CASIERS. TOUTE LA CLASSE EST D'ACCORD ! L'AVANTAGE, EN ÉTANT DÉLÉGUÉ, C'EST QUE L'ON PARTICIPE AU CONSEIL D'ÉTABLISSEMENT ET À DIFFÉRENTES RÉUNIONS OÙ, JUSTEMENT, ON PEUT S'EXPRIMER ET OÙ L'ON ÉCOUTE NOTRE POINT DE VUE !

ANTUFATA ET LOGAN

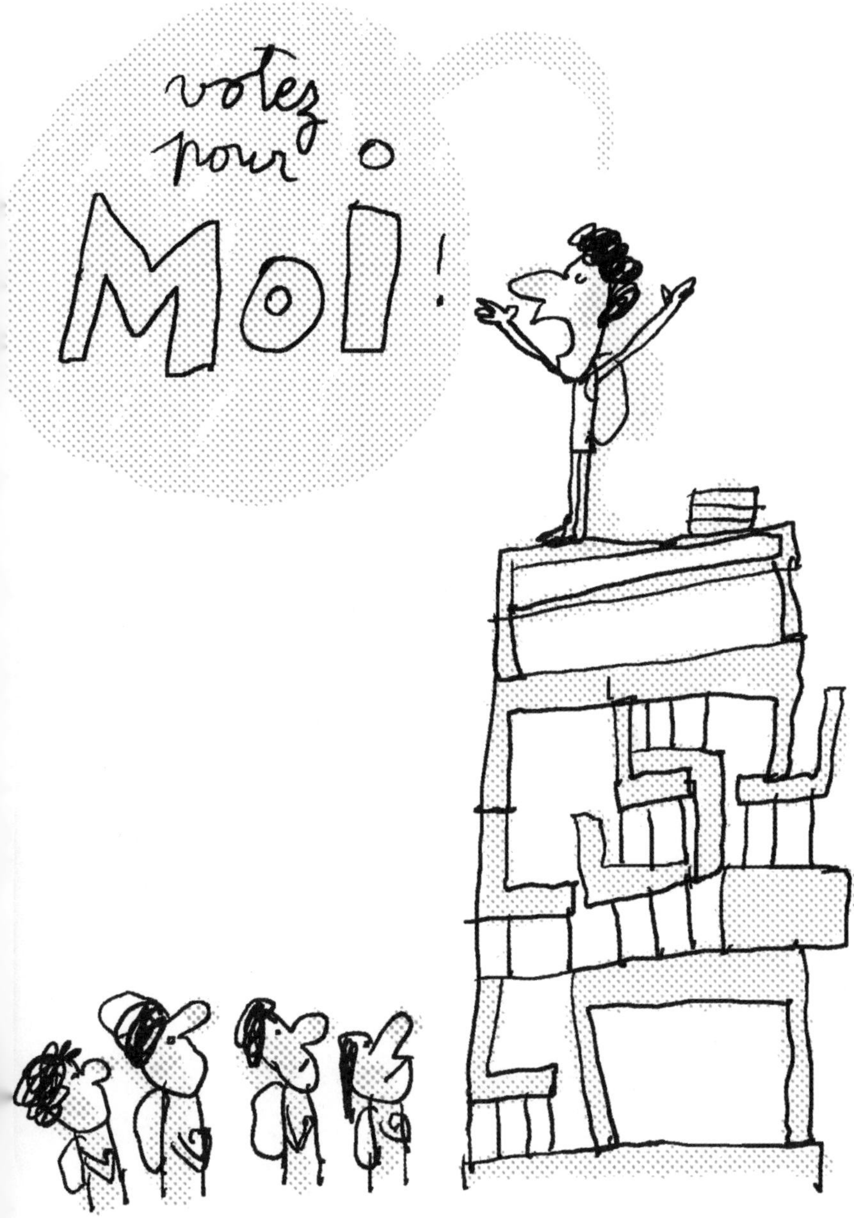
votez pour moi !

T'INQUIÈTE JE GÈRE

INTERRO SURPRISES
MATÉRIEL
PAS
À NE
OUBLIER
INTERRO
ORGANISATION
DU TEMPS DE
TRAVAIL
RÉSUMÉS
DEVOIRS
LEÇONS
GÉRER
SON TRAVAIL
MAMAN!

SOS!

APRÈS QUELQUES semaines passées en sixième, vous êtes nombreux à constater que vous vous retrouvez complètement dépassés par les événements ! Certains ont même la désagréable impression de naviguer dans une vaste choucroute où se chevauchent matériel à ne pas oublier, devoirs à rendre et leçons à apprendre ! Car la différence, cette année, ne consiste pas uniquement dans la somme de travail personnel à fournir (ça, on vous y accoutume depuis déjà un moment), mais plutôt dans la manière d'appréhender et de gérer ce travail. Bref, vos difficultés proviennent surtout d'un manque d'organisation. Dommage que, sur ce sujet, il n'existe pas de cours spécifique !

JUSQU'ALORS, on vous « mâchait » beaucoup le travail, les devoirs à faire étaient scrupuleusement notés au tableau, et il vous suffisait de recopier le tout sans trop vous poser de questions. En sixième, il faut vous attendre à ce que tous les profs n'aient pas cette généreuse attitude, et vous ne devrez compter que sur vous-même pour ne pas oublier de noter la moitié des choses à faire. Mais, surtout, dites-vous bien que toute leçon étudiée en classe doit être apprise à la maison, même si le prof a omis de le préciser ! Cela semble peut-être évident, mais trop souvent vous vous retrouvez pris au dépourvu par une interro surprise, et la seule pensée qui atteint alors votre cerveau ébahi, c'est « on ne nous avait pas dit qu'il fallait apprendre ça ! » Franchement, pourquoi croyez-vous que les profs se décarcassent à vous faire un cours et à vous concocter de jolis résumés ? Ce n'est pas uniquement pour décorer vos cahiers !

PLANNING CASSE-TÊTE

LORS DE VOTRE première journée au collège, dès que chacun intègre sa classe, le professeur principal vous communique votre futur emploi du temps. Vous savez ainsi pour chaque jour de la semaine les matières que vous étudierez.

Deux ou trois petites choses sont à ne pas oublier quand vous recopiez cet emploi du temps : tout d'abord, il faut noter l'heure à laquelle commence chaque cours. Cela vous évitera de piquer un sprint pour assister à un cours de maths que vous croyiez à 8 heures alors qu'en fait il n'a lieu qu'à 9 heures ! De même, relevez l'heure à laquelle vos cours prennent fin, cela vous permettra de programmer correctement vos activités extrascolaires. Dans certains collèges, on effectue des roulements d'emploi du temps :

PROFS DE MATHS

une semaine vous étudiez certaines matières, tandis que la seconde semaine est consacrée à d'autres disciplines. Un tel système ne facilite pas la vie des grands distraits. Si l'on utilise ce mode de fonctionnement (à vrai dire pas très pratique) dans votre collège, composez-vous deux emplois du temps et faites-vous bien préciser par quelle semaine de travail vous débutez.

ENFIN, N'OUBLIEZ PAS
de noter le nom du prof chargé de la matière (un collège de taille moyenne compte environ quatre profs de maths différents), ainsi que le numéro de la salle dans laquelle aura lieu le cours. Avec toutes ces précisions, vous devriez sans problème vous retrouver au bon endroit, au bon moment et avec la bonne personne !

Ma semaine en un clin d'œil

Pour vous faciliter encore plus la vie, incluez dans votre emploi du temps scolaire toutes les plages horaires que vous réservez à votre travail personnel (comptez environ huit heures par semaine, week-end inclus), ainsi que vos éventuelles activités sportives ou culturelles. Il ne vous reste plus qu'à afficher un exemplaire de cet emploi du temps au-dessus de votre bureau et à en conserver un deuxième dans votre cahier de textes. Tout votre programme hebdomadaire vous apparaît alors d'un seul coup d'œil ! Astucieux, non ?

JE CROIS QUE C'EST LUI !

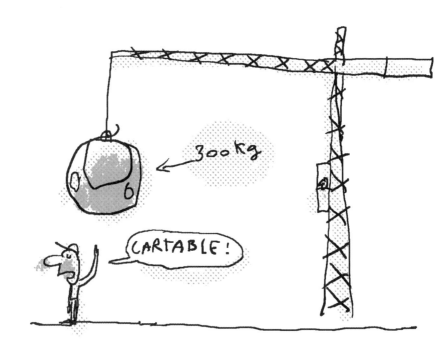

C'EST SURTOUT au moment de faire votre sac que vous trouverez cet emploi du temps fort pratique, car il vous permettra de ne rien oublier et de sélectionner les affaires indispensables à votre journée. Comme vous le savez, les casiers sont rares et vous devrez donc transporter en permanence votre sac avec vous. Autant ne pas vous encombrer de tout un fourbi dont vous n'aurez pas l'utilité.

IL EST DONC NÉCESSAIRE, chaque soir, de vider complètement son sac pour le remplir de nouveau avec le matériel du lendemain. Toujours pour éviter les surcharges de poids, interrogez chaque prof sur le matériel spécifique que vous devez avoir en classe. Bien sûr, en début d'année, on vous remet une liste du matériel à acheter (côté finances, comptez en moyenne 100 euros si vous optez pour des produits basiques, et bien plus si vous craquez pour les marques en vogue !), mais il se peut que vous n'ayez pas à vous servir de tout dès les premières semaines ou que certaines choses (comme le dictionnaire) puissent rester à la maison.

DEMANDEZ AUSSI à vos profs s'il est bien utile de trimballer chaque jour trois gros classeurs, alors que seules les dernières leçons peuvent être apportées dans une pochette. Attention : un tel système suppose que vous soyez suffisamment ordonné pour ranger correctement vos feuilles une fois rentré à la maison, et cela tous les soirs.

POUR LE SPORT, prévoyez un sac spécialement réservé à cet usage et rappelez-vous que le tee-shirt se change après chaque séance !

Comment je m'y retrouve ?

Si vous êtes particulièrement «tête en l'air», vous pouvez vous fabriquer un emploi du temps matériel, c'est-à-dire que pour chaque journée vous dressez la liste complète des livres, cahiers, classeurs et pochettes à emporter. Et si cela ne suffit pas, si, malgré tout, vous continuez, au bout d'un mois, à confondre le livre de maths avec celui d'anglais, employez les grands moyens : choisissez une teinte pour chaque matière (par exemple, bleu pour le français, rouge pour les maths, vert pour l'anglais…), et recouvrez de papier de couleur chaque document en fonction de sa spécialité. Avec ce principe, si le jeudi vous avez maths et anglais, il ne vous restera qu'à faire le tour de votre chambre et à ramasser tout ce qui est rouge et vert.

ÉVIDEMMENT, PENSEZ à rajouter ce qui est indispensable à toutes les matières, à savoir une trousse, une règle, des feutres et des crayons de couleur, des feuilles, votre carnet de correspondance et votre cahier de textes.

CAHIER DE TEXTES OU AGENDA, ÇA DÉPEND !

GROS DILEMME! En fait, qu'il s'agisse d'un cahier de textes ou d'un agenda, le principal est qu'il soit solide, car il est prouvé qu'un collégien l'ouvre en moyenne dix fois par jour. Toutefois, pour ceux qui ne sont pas des as de l'organisation, l'agenda se révèle peut-être plus pratique parce qu'on dispose d'une page différente pour chaque jour de l'année, déjà datée. Le cahier de textes, lui, oblige souvent à une relecture, destinée à vérifier que l'on n'a pas oublié un travail donné longtemps à l'avance. Mais, quel que soit votre choix, l'agenda ou le cahier de textes demeurent votre mémoire. Il est donc indispensable qu'ils ne se transforment pas en torchons infâmes après deux mois d'école, auquel cas vous n'aurez plus du tout envie de les ouvrir !

Écrivez lisiblement, séparez d'un trait les différentes matières et surtout n'hésitez pas à détailler très précisément chaque travail à rendre. Ce qui vous paraît évident au moment où le prof donne sa consigne ne le sera sûrement plus une semaine après, et vous risquez de perdre du temps à effectuer un exercice qui n'est pas celui qui a été demandé.

SI VOUS N'AVEZ pas pu écrire tous les devoirs à effectuer, n'ayez pas peur d'interroger le prof à la fin du cours ou encore à consulter le cahier de textes de la classe, cahier dans lequel chaque enseignant note les notions abordées durant son cours, ainsi que le travail à fournir pour la séance suivante. Enfin, si vous êtes absent un jour, il peut être pratique d'avoir préalablement relevé dans votre cahier de textes le numéro de téléphone de deux ou trois copains de la classe

qui se feront un plaisir de vous communiquer ce que vous devrez rattraper rapidement pour ne pas être complètement coulé.

DÈS LES PREMIERS JOURS, il va vous falloir prendre quelques bonnes résolutions, car gérer correctement son travail personnel, c'est-à-dire les devoirs qui sont à faire seul à la maison, ne s'improvise pas au petit bonheur la chance ! En effet, il vous faudra quelques semaines d'adaptation pour trouver vos «marques» et votre rythme de croisière.

DANS UN PREMIER TEMPS, l'idéal est de s'imposer un rythme de vie correct. Et, sans vouloir à tout prix jouer les rabat-joie, se coucher chaque soir à 23 h 30, sous prétexte que le programme télé est passionnant, est évidemment une chose à laquelle vous devez résister! Prenez le temps de déjeuner et, pourquoi pas,

> ## Mieux vaut être frais !
>
> *Dormir est une activité essentielle à votre développement intellectuel, alors, soyez raisonnable et essayez d'aller au lit vers 21 h 30. Cela vous évitera, le lendemain matin, de vous lever à la dernière minute, d'arriver au collège les neurones pas bien réveillés et les yeux encore pleins de sommeil.*

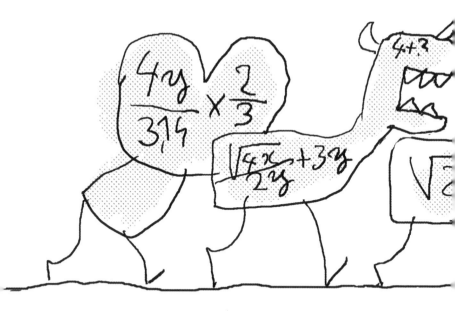

de relire une dernière fois votre leçon. Vous serez ainsi en parfaite condition pour attaquer positivement votre journée. N'oubliez pas de glisser dans votre sac un en-cas (barre de céréales, fruits…) que vous mangerez à la récré: c'est indispensable pour lutter contre le coup de pompe de 11 heures!

L'APRÈS-MIDI, le moment le plus délicat, celui où votre attention demeure désespérément en veilleuse, se situe vers 14 heures. Le savoir vous permettra de redoubler de vigilance durant cette période. Et dites-vous bien qu'après six heures de cours vous aurez besoin de forces pour vous attaquer aux devoirs!

ALORS, avant de vous jeter sur vos leçons, prenez le temps de décompresser. Durant une bonne demi-heure, goûtez, acharnez-vous sur votre console, tapez dans votre ballon de basket, bref, faites tout ce qui est

susceptible de vous détendre ! Ensuite, seulement, vous pourrez plonger dans votre cahier de textes et commencer votre boulot.

LÀ ENCORE, ne prévoyez pas de travailler plus d'une heure d'affilée, au-delà vous perdez en efficacité et en concentration.

AINSI N'EST-IL PAS absolument judicieux de vouloir condenser tout son travail de la semaine en un seul après-midi, il est préférable de fragmenter le tout en petites périodes. Et si vous sentez venir une baisse de tonus, n'hésitez pas à faire des pauses, ainsi qu'à alterner matières préférées et disciplines qui vous donnent du fil à retordre. En procédant de la sorte, vous constaterez qu'il est beaucoup moins déprimant de bûcher sur une difficile leçon de géo quand on sait qu'après on pourra se régaler avec quelques fractions !

APPRENDRE
APPRENDRE ...
À
EUH ?

DE TOUTE FAÇON, il n'existe pas de remède miracle pour retenir toutes les notions que l'on vous impose, et ce sera à vous, progressivement, d'élaborer votre propre méthode d'apprentissage. Pour certains, il suffit de lire plusieurs fois une leçon pour la retenir, tandis que d'autres devront tout écrire. Quoi qu'il en soit, l'important n'est pas de «balancer» d'un trait sa leçon sans en comprendre le sens.

Si la technique du «par cœur» est indéniablement la seule valable pour un exercice de récitation, pour se souvenir d'une leçon d'histoire, de géo ou même de maths, il est capital d'analyser ce que vous ingurgitez.

UNE BONNE méthode consiste à relever les mots essentiels de la leçon, éventuellement en surlignant (surtout si un vocabulaire particulier est employé), puis à reformuler cette même leçon avec vos propres mots. Si vous «coincez», c'est qu'il y a des notions qui n'ont pas été bien assimilées, et il vous faudra les revoir. Au besoin, vous pouvez demander à un membre de la famille (parents, frère, sœur...) de vous interroger: vous serez ainsi rassuré quant à l'étendue de vos connaissances.

ÉTUDES DIRIGÉES ET PERM' POUR S'AVANCER

POUR RÉDUIRE votre temps de travail à la maison, profitez des deux heures d'études dirigées obligatoirement imposées aux élèves de sixième. Durant ce moment, non seulement vous vous avancerez dans votre travail personnel, mais, surtout, vous trouverez un interlocuteur capable de répondre à vos questions et disponible pour vous donner des conseils d'organisation et de méthodologie puisque, selon les collèges, ces séances sont, en principe, animées par un prof, voire par un aide-éducateur.

AUTRE MOMENT PRIVILÉGIÉ pour vous avancer dans votre travail, les « trous » plus ou moins nombreux disséminés dans votre emploi du temps qui vous permettront d'avoir moins à faire le soir. Dans ce cas, vous devrez alors vous rendre en permanence, c'est-à-dire dans une grande salle où sont regroupés tous les élèves qui, comme vous, n'ont pas cours. Logiquement, vous êtes censé bûcher votre prochain contrôle de maths, mais ne comptez pas sur le surveillant pour qu'il vérifie ce que vous faites, car, comme son nom l'indique, son rôle se borne à surveiller. Du moment que vous vous tenez tranquille et silencieux, libre à vous de bosser, de vous plonger dans le dernier Curd Ridel ou encore de rêvasser à vos prochaines vacances… Voilà encore une nouveauté qui demande un sens de l'autonomie bien plus développé que ce à quoi vous étiez habitué jusqu'à présent.

SI CETTE LIBERTÉ de ne rien faire en accommode certains, d'autres trouveront au CDI toute la matière susceptible de rassasier leur soif de curiosité puisque c'est ici que sont rassemblés tous les livres et documents du collège. C'est donc l'endroit idéal pour trouver les éléments de votre futur exposé.

CDI : centre de documentation et d'information

Si vous êtes à jour dans votre travail, plutôt que d'aller en permanence et vous tourner les pouces, vous pouvez opter pour une visite au CDI. Ainsi, vous pourrez lire tranquillement un bon roman ou même une BD. Et si le choix vous semble trop vaste, demandez conseil au documentaliste qui règne en maître sur les lieux : les livres, c'est son rayon, et il a lu tous les titres présents sur les étagères ! En fonction de votre niveau et de vos préférences, il saura donc vous guider dans vos lectures.

Aujourd'hui, les CDI sont équipés d'ordinateurs, peut-être devrez-vous alors les utiliser pour dénicher la bonne info, qu'il s'agisse de repérer rapidement le bon bouquin ou encore d'effectuer vos recherches sur un CD-Rom. Enfin, les collèges ont une connexion Internet et vous pouvez faire des recherches sur la Toile. On vous avait bien prévenu : on trouve tout (ou presque !) au CDI.

ALORS LA 6e ?

PASSÉ LE PREMIER trimestre d'adaptation, chacun a su trouver ses repères dans un collège qui semblait «dédalesque» au mois de septembre, et, désormais, changer de prof toutes les heures n'inquiète plus personne! Bien sûr, cette familiarisation ne doit pas vous inciter à relâcher votre attention: vous n'êtes qu'au tout début de vos études secondaires, et le chemin jusqu'au bac est long et parfois semé d'embûches. Réussir sa sixième est un atout pour le futur, car, au cours de cette année, vous allez progressivement prendre confiance en vous et en vos capacités d'organisation et de travail. Vous allez comprendre un système jusqu'alors inconnu mais qui sera celui de tout votre «secondaire».

ALORS, maintenant que vous êtes lancé sur les rails du collège, surtout ne descendez pas du train et… bonne future cinquième!

3ᴱᴹᴱ

4ᴱᴹᴱ

5ᴱᴹᴱ

6ᴱᴹᴱ

RETROUVEZ LES autres LIVRES
de la collection

PLUS D'OXY GÈNE DANS toutes

LES LIBRAIRIES

ÊTRE MOI, MODE D'EMPLOI
Marie-José Auderset

**QUESTIONS INTIMES,
RIEN QUE POUR LES FILLES**
Sylvie Sargueil

SEXUALITÉ, ZE BIG QUESTION
Magali Clausener

**TRAVAILLER MIEUX
POUR BOSSER MOINS**
Myriam Germain-Thiant

UNE MÈRE, COMMENT ÇA AIME?
Susie morgenstern

Une collection illustrée
par Jacques Azam